k a i j ō o n

☆

石田洋平詩集

解 錠 音

銀 の 鈴 社

我がグリーン・フラッシュ

森　忠　明

若い詩人、石田洋平は谷川俊太郎を神のごとく敬っていて、たしか三、四年前、神戸屋で食事中の神を見かけた彼はその御前に立ち、「森忠明の弟子です」と名のったのだった。

神は、そう遠くない昔、「現世は上ずったものが多すぎる」「人生がちゃんとある詩がとても少ない」「生きているリアリティを意図的に避けている詩ばかり」と発言されていたはずだが、石田洋平の作品には上ずったものが無く、人生がちゃんとあり、生きているリアリティを避けてはいない。

いわゆる現代詩を博学の詐術と忌み、「小説は一種の死」（ロラン・バルト）と断じ、無為のまま消え去ろうと決めた五十代半ば、私の後髪を引くよう、あたかもグリーン・フラッシュの美をもって現れたのが石田洋平であった。

暴政と用象に捕囚され、性的興奮と超利潤に狂っている奴原などからみれば、彼の詩の世界は「たった2ダースの遺伝子に関係づけられている内気」にすぎないものであるかもしれない。

しかし、そういう、一読蔑《なみ》されがちな詩片の数々に、私は実に久しぶりに聖なるものを感じ、すぐれた介護士でもある石田洋平の作品に、深くあたらしい居姿《エートス》を教えられる思いがした。

ゆえに、彼の青春のしるしを〈魂の介護詩〉とシャレても、あやうく許してもらえることだろう。

二〇〇七年　晩秋　　寝流庵にて

目次

我がグリーン・フラッシュ　　森　忠明　1

互いのぬくもりのなかに潜む
孤独な体温

治癒

ひとりになると　大きな声を出すおばあちゃん
ぼくはさりげなく隣に座って
なんでもない話をする
やせた手で握り返してくる　その力加減で
彼女は気持ちを伝えてくる

やさしいね　と落ち着きをとり戻した彼女がいう
互いのぬくもりのなかに潜む　孤独な体温に気が付いて
ぼくは　ありがとう　と呟いていた

記憶

物忘れっていうのは、大切なことを覚えておくために
必要ないことを消去してゆく脳の高度な働きなんだって
きのう新聞で読んだことを　ぼくはお年寄りに話す
思いのほか感心してくれるのが嬉しくて
最近ちゃんと新聞を読むようになった

脳みそってすごいね
相づちを求めて話しかけたおばあさんは　もう忘れていた
にわか仕込みの話なんか覚えてなくても
道でばったり出会った時
笑顔で話し掛けてくれるようになったことが
ぼくはなによりも嬉しい

迷子

忘れてしまった思い出を　探しまわるように
徘徊しているおじいさん
安心させようと　乾いた肌に触れてみても
あたためてあげることはできなくて
迷子のような震える瞳を見ていたら

ぼくは　ほどかれた手を
動かすことができなくなった

回互

彼女はまた　同じことを聞いてくる
三分前に答えたことを　ぼくはまた話している
まぎれもない
迷いのない
そんな目を見つめていると

昔のことを考えたり
先のことを悩んでいる　ぼくは
わからなくなる

円背

車イスが体の一部になっている
みごとに腰の曲がったおばあさん
恐れ入ります　って言いながら
五分おきにトイレへ行きたがる
かたつむりみたいに　のろりのろりと近づいてくる

ときどき
ひょいとつまみ上げて　いじわるしたくなる

贈物

彼は
自分の年齢や
幸せだった日々のことや
愛する人の顔までも忘れ
ほとんど自分を失ってしまった

でも
親から初めて送られたプレゼントだけは　忘れていない
どんな病気も奪えない　宝物を抱え
ぼくらの知らない世界を　静かに生きている
今日もぼくは彼の名前を呼んで
何度も呼んで
微かな繫がりを必死にたぐりよせる

ふるさと

故郷に帰りたいと　口癖のように話していた
彼女が突然いなくなった
くるしむことはなかったと
人づてに聞かされても　ピンとこない
ほんとうに故郷へ帰ってしまったんだと

思わずにいられなくて
目と口を顔中のシワと一緒にクシャクシャにして笑う
あの笑顔で
縁側に座っているのが　はっきり目に浮かぶ

風はひらりと避け
太陽はさりげなく目を逸す

夏至

何を借りたらいいのか分らずに
レンタルビデオの前で立ちすくむ
エアコンの利いた店内は寒すぎて
逃れるように外へ出た
人混みにぶつかった瞬間

ぼくの目は　映画のようにぐるりと周囲を見渡して
音が消える
体の内側に　ざわっと何かが広がって
足が止まる
しつこい空気が皮膚から染み込み
ネオンは心臓の裏を引っ掻く
目を閉じ　ふかく息を吸ったら
一年で一番短い夜が　肺を塞いだ

つめたい汗

歩いている背中のほうから
太陽がじりじりと　体を地面に刻み込む
やけに輪郭の強い影は　先へ先へと急いで
靴底から離れ
どこかの日陰に隠れてしまった

置いてけぼりのぼくを
風はひらりと避け　太陽はさりげなく目を逸す
汗が足元を濡らす
ぼくは動くことができない

抜け殻

信号が青に変わって　歩き出す知らない人々
緑の光をながめ動こうとしないぼくは
いったいここで何をしている？
点滅する光に
こころは宙を舞って

思考は渋滞にはまって
幽体離脱
けだるい身体と窮屈な孤独を抱え
立ち止まるぼくの目は
赤から緑へまた染まる

保護色

沈黙で体を覆って
ぼんやりと視線を漂わせる
楽しそうに休日が目の前を通り過ぎていく
誰にも気付かれず
輪郭が曖昧になったぼくは

景色に同化している感情を溶かし出す
たばこの煙に隠して吐いた溜め息は　風に舞って
少しだけ街の温度を下げた
肺胞に何かが張りついて　痛い

共鳴

真夜中
に
干した洗濯物
が
風鈴
に
気をつかうよう

に
音もなく　ゆれている
ぼく
の
どこかにできた疵
に
静けさ
が
しみる

せんたく

テレビを消して　音楽も止めて
洗濯物をたたむ
まだ日差しのぬくもりが残るTシャツや
風が吹き抜けたあとの付いたタオルを
太陽の匂いに包まれながら

丁寧にたたむ
折り目のひとつひとつに
ひとり暮らしの年月が表れているようで
体の芯まで　なぜだか急に静まり返る

静影

夏休みの顔をした人たちが　笑っている
俯きながら　ぼくは薄暮の風をきって
浴衣ではしゃぐ子供を追い越し　人混みを抜ける
引きずる影が重たい
誰とも視線を合わせずに　缶ビールをひとつ買って帰る

真っ暗な公園のベンチは冷たく
街灯の下　腰掛けるぼくの反射率は極端に低い
お祭りが遠く微かに聞こえる
足元に溜まった吐息がぬかるんで
立ち上がれない

沈殿

二酸化炭素を吐きすぎて　溺れそうになっている
昨日が明け残った　白い部屋
窓を開けても重たいものは出てゆかない
大きめのゴミ袋に
澱んだため息つめこんで　固くしばる

燃えるゴミか
燃えないゴミか
それとも　資源になるんだろうか
両手にかかえ立ちつくす　足元から
窒息してゆく

不眠症

また今日も　ひとことも喋らずに
一日を終えようとしている
白い天井へ
オヤスミ　って呟くと
つめたい声が顔に落ちてきて

眠気はすっかり覚めてしまった

秋の匂い

秋が冬と交わるころ
風が吹くと
きれいな黄色が舞い落ちた
降り積もった枯れ葉の音が
サクサク響く

鳥のさわぐ声と子供たちの泣き声が
つめたい風に舞い上がって
とおく吸い込まれていった
大きく吸い込んだあとのため息は
秋の匂いで潤った肺から
ほんの少しせつなさを引き出して
こぼれ落ちた涙と一緒に
夕暮れの空気へ　溶けていった

シチュー

失ったものばかり考えて　時間に追い越されていく
数ヶ月振りにスーパーへ行くと
生活が溢れかえっていた
陳列された野菜の色が　何かを話しかけてくる
ひさしぶりにシチューを作った

郵 便 は が き

104-0061

おそれいりますが
切手をお貼りください

東京都中央区銀座1-21-7-4F

㈱ 銀の鈴社

鈴《すず》の音《ね》会員 登録係　行

お客様の個人情報は、個人情報保護法に基づく弊社プライバシーポリシーを遵守のうえ、厳重にお取扱い致します。今後弊社からのお知らせなどご不要な場合はご一報いただければ幸いです。

「鈴の音会員」（会費無料）にご登録されますと、アート&ブックス銀の鈴社より、会報誌「鈴の音だより」や展覧会イベントなどのご案内をお送りいたします。この葉書でご登録の方には、もれなく野の花アートの絵はがきを一葉プレゼントさせていただきます。

ふりがな	生年月日　明・大・昭・平
お名前 （男・女）	年　月　日
ご住所　（〒　　　）Tel	
情報送信してよろしい場合は、下記ご記入お願いします。	
E-mail	Fax　－　－

花や動物、子どもたちがすくすく育つことを願って

アート＆ブックス銀の鈴社では、ミュージアムグッズの企画・製作、出版、ヨーロッパ製子ども用品の限定輸入販売をおこなっています。

アンケートにご協力ください

◆ご購入の商品名・書名は？

◆お求めになられたきっかけは？

□お店で（店名・場所：　　　　　　　　　　　　　　）

□知人に教えられて　□プレゼントで　□ホームページで見て

□その他（　　　　　　　　　　　　　　　　　　　　）

◆ご興味のある項目に○をおつけください（資料をお送りいたします）

□ブックス（□絵本　□児童書　□一般書）

□本のオーダーメイド（自費出版）

（研究書・歌集・句集・詩集・記念誌・画集・旅行記・自分史など）

□アート（□ミュージアムグッズ　□原画展などのイベント）

□ヨーロッパ製子ども用品「TimTam」

□テーマのある旅（□海外　□国内）

□その他（　　　　　　　　　　　　　　　　）

◆その他、ご意見・ご感想をぜひお聞かせください

川端文学研究会事務局

SLBC（学校図書館ブッククラブ）加盟出版社

★ご協力ありがとうございました

白くない
やけに香ばしい灰色シチュー
こみ上げる笑いも一人で飲み込んで　体が温まる
焦げ付いたものをこすり落として
ステンレスの鍋底に映ったのは
きちんと今を見つめている顔

20070323

眠り続けている　殻に閉じこもって　じっと　生まれ変わるのを待っている　天気のいい日は器用に殻を破ってまわりを見渡してみる　運良く誰かと目が合って笑顔で挨拶を交わせたらそれだけで満足して新しくなれそうな気になって　また殻のなかへ戻る　割れ目を孤独で張り合わせ綺麗な丸を装って狭いところに閉じこもる　今日　塞がりき

らない割れ目から外の世界を覗いてみたら　笑った口元みたいな月が
浮かんでた　夜がぼくに微笑んでいるみたい　きっと外は　春の香り
がするんだろう　誰かの笑い声に儚い殻が揺れる　振動がぼくのここ
ろに干渉して　胸のなか　急になにかが縮んでゆく　痛みのない苦し
さを抱きしめて　流れない涙を流して　また　目をつむる

淡い香りに少しうるおう

ビール

いろんな家の晩ごはんの匂いがする　坂道を
おとうさんが歩いてくる
先っぽのまるくなったエンピツをおいて
ぼくは　お風呂の湯加減を見にいそぐ
工場の粉っぽい金属のにおい

帰ってくるといつも急におなかが減る
じゃばん　じゃばん
って汗をながしているすきに　テーブルを拭いて
おかえりって言うかわりに
つめたいビールを出しておく

ボタン

むらさきの光を点灯させたくて
妹といつもケンカをしていた
お母さんに叱られながら家に向かう
買い物がえりが楽しかった

バスのなか
はしゃぐ兄妹を母親はやさしく見守っている
昨日のことのように　思い出は鮮明によみがえるのに
その母親とぼくは同じ年頃で
田舎のお母さんはもう　ぼくを叱ってはくれない

ひとり

赤ちゃんの透きとおった瞳に見つめられると
あまりに無防備なその視線に
自分のすべてが見透かされるようで
先に目を逸らしてしまう
無垢でやわらかい体の動きを見ていたら

愛おしさが
だんだん切なさに変わって　ぼくを満たす
幸せそうな家族の笑顔
胸につかえて顔を背ける
湿った息をひとつ零して
家へ帰る

茜

ヒグラシの鳴き声に
目を閉じ身を任せると
心がとうめいになって
体まで景色に溶けてしまう
肌を撫でる風が吹く

蚊取り線香が煙る
夕日の沈む音を聞き終えて
周りを見渡したら
胃の奥から空腹を感じた
忘れていた夏の終わり
ゆるやかな時の流れ
「ごはんよ」
母親が昔とおなじ声色で呼ぶ

買い物

青い灯りを買いにいく
くたびれたシャツを着たまま
駅へいそぐ
いつもと同じ地下鉄の匂い
ガラスに映る無人の車内
息をひそめ　端に座る
ふいに思い出した

子供のころ　夕方のかくれんぼ
あの時の不安に襲われる

賑やかな大通り
笑顔であふれた人の流れ
ぼくはひとり流れに逆らい
幸せそうな喧噪に　かき乱される

青い灯りのない夜は
いつもより　静けさが痛い

梨

ひとりの部屋で　きのう貰った梨をたべる
あんなに大好きだったのに　昔のように美味しく思えない
皮を剥く母のぬくもりや
美味しさを分かち合う父や妹の笑顔のない　この部屋が
淡い香りに少しうるおう

なつかしさだけが後味のようにいつまでも残った

落陽

傾きだした太陽の方から　吹いてくるつめたい風
抗うように正面から　次の季節を受けとめて
家路を急ぐ
くるくると舞い落ちた葉っぱの乾いた音
つるべ落としの夕影を震わせて

鼓膜を揺らし　ぼくを揺らす
じわりと秋が染み込んできて
こころが　閉じてゆくのがわかる
バラバラと肋骨が枯れ落ち
胸にぽっかり穴があいた
昨日の夢を思い出した

祭りの翌朝に死ぬ
金魚の気分

食器

まだ　きみの香りの残る部屋
満ち足りたこの気持ちまで　流れ出してしまいそうで
急いで玄関を閉める
あかりをつけると
きみの気配は消え

冷蔵庫の低い声が　耳につく
ふたりで使った食器を　ぼんやり見つめ
ぼくは　ぬくもりを捕まえようとする

青いコップ

あなたはそれを愛おしいと言う
ぼくは自分すら愛せない
ただ
恥じらう曲線と吸いつくような体温が
恋しいだけ

あなたと使った青いコップを
ひっそり見つめることもなく
窓を開けて
生臭い空気を追いだし　眠りにつく

火曜日

毎日　きみに手紙を書いている
出すつもりのない手紙を　書いている
三十枚たまったら　資源ゴミの日に捨てる
火曜日
また今日も　行くあてのない言葉たちを捨てにゆく

分別できないこの気持ちを　置き去りにする

糸

あなたをほったらかしていた
乱暴に引き寄せると
赤い糸は　あっけなく　切れた
ぼくは　なんだか身体が軽くなって
ふらふらと漂って

南からくる風にまかせ
遠くへ行こうと顔をあげる
しっぽみたいに　赤い糸をぶらさげて

屈折率

自分の存在が曖昧になってしまうから　人混みは嫌い
と、きみは言う
瞳の屈折率が同じぼくには　誰よりもきみがよく見える
消えかけの手を必死にのばして
触れることができたなら

ぼくらは確かに　いまを生きられるのに

金魚

大きくなりすぎた想いを
川に放すみたいに捨てていった
あなたの声が
玄関に漂っている

やけに鼻がつまる
息が苦しくて
祭りの翌朝に死ぬ　金魚の気分

うたた寝

忘れられた灯りのともる
午前三時の天井に
くしゃみが冷たく響いて　目を開く
さめてしまった湯舟に音もたてず浸かって
夢のなかから連れてきた　かなしみを拭う

水面に浮かんだ電灯が満月みたい
きみが笑っているように　ゆれる

休日

目をこすったらすぐ銭湯へ向かった
一人しかいなくて　お湯につかった
鏡にうつる顔は不健康でひどいもんだけど
髪の毛ぬらしたままご飯を食べにいって
道ゆく人の楽しそうな顔がまぶしかった

ただぼんやり　電話を待って
一日が終わってゆく

帰宅

ポストを開ける左手
いつものように暗闇だけ届いている
鍵をまわした解錠音
指先から体中に響いて　ぼくは内側へ閉じてゆく

忘れていった携帯は動くこともなく
いつもの場所にあった
無言をつらぬいて
電池が切れかかっている

後記

あとがきに何を書こうか考えながら歩いていたら、
浮かんできたのは言葉ではなく顔だった。
詩を書くことを教えてくれた小学校の先生、
進学もせず上京することを応援してくれた家族、
一緒に暮らした恋人や背中を押してくれた友達、
そして、
こそこそ詩を書いていたぼくを見つけて下さった森忠明先生とたかはしけいこさん、
今まで支えてくれた大切な人たちが次から次へと溢れ出す。
言葉にできない感謝の気持ちでいっぱいになったら、みんなの顔も笑顔だった。

かけがえのない出会いによって今の自分があり、この詩集があります。
今まで出会ったすべての人たちに詩集をとおして　ありがとう　を伝えたい。

二〇〇七年十一月二十八日

石　田　洋　平

略歴

石田洋平

一九七九年三月、岐阜県中津川市生まれ。県立恵那高等学校卒業。東京都杉並区阿佐谷に在住。介護福祉士。

石田洋平（風張峠にて。2007年4月）

石田洋平詩集―解錠音

二〇〇八年三月八日　初版発行

定価：本体一、八〇〇円＋税

著者　石田洋平 ©

装画　野崎義成

発行者　柴崎聡・西野真由美

発行所　銀の鈴社

〒104-0061　東京都中央区銀座1-21-7

TEL 03-5524-5606　FAX 03-5524-5607

http://www.ginsuzu.com

印刷　電算印刷／製本　渋谷文泉閣

ISBN 978-4-87786-370-8 C0095